孙子兵法

第九册

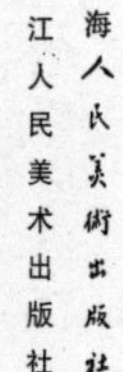

目　录

谋攻篇 · 第九册

战 例

李皋诱敌分兵拔蔡山

编文：兵　者

绘画：梁平波

原　文　敌则能分之。

译　文　有与敌相等的兵力就要设法分散敌人。

1. 唐朝在中期以后，政治腐败，宦官擅权，藩镇叛乱，盛极一时的大唐帝国开始走向衰落。唐天宝十四年（公元755年），范阳节度使安禄山起兵反唐，拉开了唐王朝连年兵乱的序幕。

2. 唐德宗建中三年（公元782年）十一月，卢龙节度使朱滔与魏博节度使田悦，恒、冀都团练观察使王武俊及自领淄青军务的李纳相约结盟，反唐称王。

3. 朱滔为盟主，自称冀王；田悦称魏王；王武俊称赵王；李纳称齐王。他们又向淮西（今皖北、豫东的淮河流域一带）节度使李希烈劝进。同年十二月，李希烈自称天下都元帅、建兴王。

4. 李希烈性格残忍，嗜血成性，自反唐称王后，便一味攻城掠地，梦想登上皇帝宝座。建中四年（公元783年）元月，李希烈派部将李克诚攻陷汝州（今河南临汝），进围郑州（今河南郑州）。唐官军屡为所败，东都（今河南洛阳）震恐。

5. 唐德宗李适（kuò）虽身在西京（今陕西西安），也颇为恐慌，便命三朝元老鲁郡公颜真卿去许州（今河南许昌）招抚李希烈。李希烈不仅不听劝告，反而恼羞成怒将其软禁起来。

6. 唐德宗于是任命左龙武将军哥舒曜为东都、汝州节度使，率军万余讨伐李希烈，在二月进攻汝州。

7. 三月，江西节度使李皋，在黄梅（今湖北黄梅西北）斩杀李希烈部将韩霜露，进拔黄州（今湖北新洲）。

8. 这时候李希烈移驻蔡山（今湖北黄梅西南），在山上设木栅，筑城堡据守。

9. 蔡山山崖高峻，形势险要，西南面临长江，峭壁耸立无处可攀。只有东南一条嶙峋小道曲折通顶，李希烈派重兵在此把守，坚固难攻。

10. 李皋向来以足智多谋、善于随机应变著称。面对这种形势，他知道若强攻，定然伤亡惨重又劳而无功。显然只有调开敌人兵力，乘虚而入方能取胜。

11．于是李皋派人故意放出风声，说要向西攻取蕲州（今湖北蕲春北），同时公开征集船只，在长江里毫不掩饰地训练士兵划桨驾船，摆出以水师溯江西进的姿态。

12. 几天后，一切准备就绪，李皋命令战船编队出发，同时让步兵在蔡山南面集合，随水师一道沿江岸浩浩荡荡向西进军。

13. 李希烈闻报，深恐蕲州有失，便留下小半老弱之兵守栅，亲率大部分精兵沿长江追赶李皋军。

14. 李希烈军连续数天追赶李皋军，已距离蔡山三百余里。

15. 李皋见李希烈已中分兵之计，便急令步兵登船，顺流东下杀回蔡山。

16. 这时蔡山守军因为只有老弱残兵把守，抵挡不住李皋军的轮番猛攻，被迫投降。

17．李希烈见李皋军不经接战便登舟东去，才知中计，急忙挥军还救蔡山，但为时已晚。蔡山已被李皋占领。

18. 李皋不等李希烈军稍有喘息，便居高临下发起攻击，大破李希烈军。这一仗，是唐官军讨伐李希烈的重要一役。

战例

于谦坚守北京挫瓦剌

编文：米　河

绘画：王耀南　朱顺津　金　山

原　文　少则能守之。

译　文　兵力少于敌人就要坚壁自守。

1. 明朝英宗正统年间，军政大权操纵在宦官王振手中，统治已经开始走向衰败。而北方的蒙古瓦剌，却统一了蒙古诸部，力量强大起来，不断南下袭扰明朝，成为明廷严重的边患。

2. 正统十四年（公元1449年）七月，瓦剌部首领也先率军分四路南侵。主力数万人由也先亲自率领进攻大同（今山西大同），塞外城堡皆被瓦剌占领。

3. 妄自尊大、不懂军事的宦官王振，擅调五十万大军，挟持英宗亲征，兵部侍郎于谦等大臣极力劝阻无效。七月十六日，大军由北京出发，留英宗弟郕王朱祁钰守京城。

4. 明军未到大同，粮草已经不够。途中见到先前战死的明军尸横遍野，军士望而生畏。忽又接到密报："阳和等处的明军遭到惨败。"王振惊慌失措，慌忙引兵后撤。

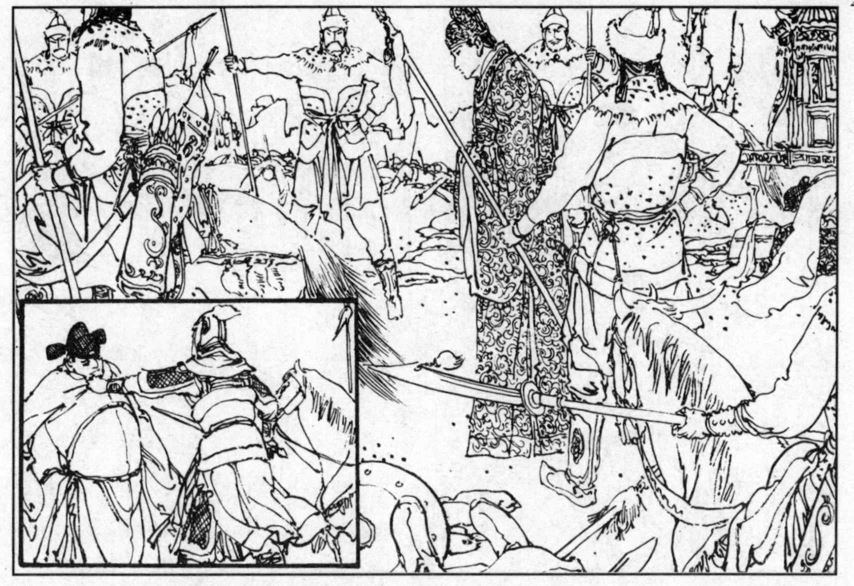

5．也先听说明军由北线经宣府（河北宣化）撤军，挥师紧追。八月中旬，在土木堡（今河北怀来东南）围歼明军，五十名随军大臣被杀，英宗被俘，明军精锐全军覆没。王振被护卫将军樊忠击杀。

6. 消息传到京城，明廷大为震恐。在京城面临生死存亡的紧急关头，是战还是退？大臣之间展开了激烈的争论。以翰林侍讲徐珵为首的一些人主张迁都南逃，深谙韬略、忠勇刚正的于谦则坚决主张固守。

7．皇太后命郕王代理朝政，任命于谦为兵部尚书，担负领导保卫京城的重任。

8. 于谦对局势作了全面分析：土木堡一仗，明军五十万全军覆灭，瓦剌人亦有伤亡，必定需要休整，然后分兵攻要塞、取北京……只要人心一致，抓紧时间备战，京城不难固守。

9. 为了稳定政局，平息众愤，统一思想，于谦宣布了王振的罪状，并惩治了王振的党羽。

10. 居庸关和紫荆关，是瓦剌军从西北、西南进攻北京的必经之路。于谦命兵部员外郎罗通、兵科给事中孙祥分别加强守卫，在要害处所安置地雷等火器，阻击瓦剌军长驱直入。

11．在主战爱国的将领和军民的支持下，于谦组织力量修缮加固城墙，并在城边挖掘深而宽的壕堑。

12. 调集北京的手工工匠昼夜加工生产战具、武器，在短短几天内收集并赶制出盔甲数万副，战车一千辆，神铳（火铳）二万余支，神箭（火箭）四十四万余枚。

13. 于谦又下令将邻近州县粮仓中数百万石粮食运到京城。

14. 此时留在京城的士卒不足十万人，而且老弱居多。于谦命都督石亨总领一批将领予以整顿。

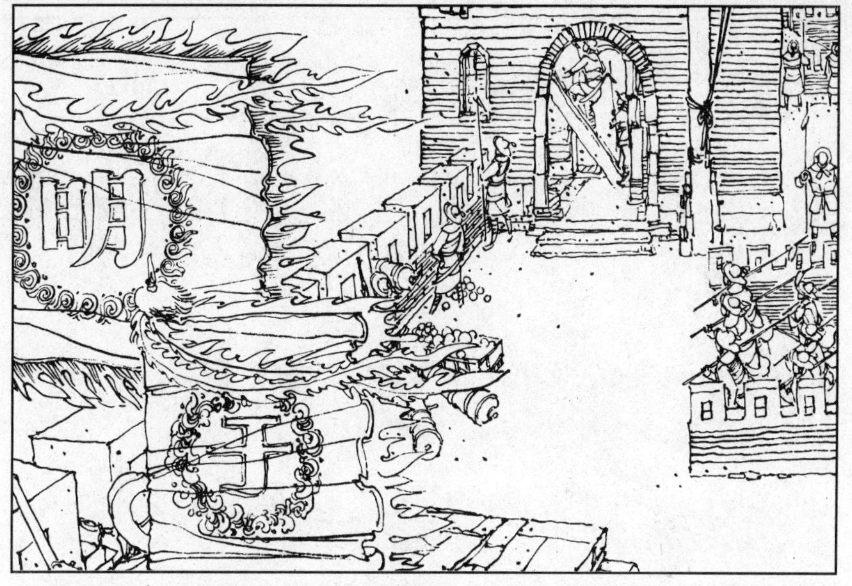

15. 经过一个月的调整、充实、操练，能守城作战的军队达到二十二万人，将士们都得到了武器和盔甲。

16. 同年十月，也先率领的瓦剌主力，由被俘的宦官喜宁引路偷越山岭，绕到南关，攻破紫荆关（河北易县紫荆岭上）。孙祥战死，瓦剌军进逼北京。

17．于谦派遣诸将分别率领军队，在北京九门之外列阵，自己率军驻守在要害地段德胜门。各门军队布阵就绪，即下令关闭京城所有城门，表示“不战胜敌人不回城”的决心。

18. 也先率军直抵北京城下，陈兵于西直门外。于谦派都督高礼、毛福寿率军迎敌，在彰仪门土城北面打败了瓦剌军先锋，斩敌数百人。

19．首战胜利，士气大振。于谦当夜又派兵偷击敌营，夺回被掠人口一千多名。

20. 瓦剌军第一仗未能得手，转向德胜门进攻。这天适逢大雨，右都督石亨按照于谦的命令，领精兵在城外民房设伏，派遣小队骑兵抵御，佯败诱敌。

21．敌军一万多骑兵争先恐后追至城边，于谦下令击鼓，伏兵奋勇杀敌；神机营用火炮轰击。前后夹攻，瓦剌骑兵惨败，也先弟勃罗等人中炮身亡，瓦剌军死伤极多。

22．也先遭到两处大败，遂又转攻西直门。由于各门防守极其严密，将士同仇敌忾，瓦剌军仍难以攻入，反而折兵不少。

23. 十月十四日，也先又进攻彰仪门。于谦派副总兵武兴、都督王敬等将，以神铳队为前队，弓刀队为后队，后队与前队密切配合，重创也先主力。

24. 瓦剌军的另一部五万骑兵围攻居庸关（在今北京昌平西北）。守将罗通利用天气突然变冷的机会，命令士兵汲水倒在城墙上，使居庸关成为一座冰城，瓦剌军无法进攻。

25. 罗通乘敌军无备，出城突然袭击，挫败了瓦剌攻占居庸关的企图。

26. 保卫北京的战斗延续了五天，也先害怕攻城不克，退无归路，终于在夜间拔营逃遁。于谦领导的北京守卫战取得了胜利。

战例

班超坚壁清野退月氏

编文：任　柯

绘画：王耀南　王　佚　郭　廓

原　文　不若则能避之。

译　文　实力弱于敌人就要避免决战。

1. 班超出使西域时，月氏国曾派兵帮助汉使打败车师国，于是致书班超，要求娶汉朝公主为妻。

2. 班超由于没有朝廷的诏令，拒绝了月氏王的请求。

3. 月氏国王老羞成怒，于东汉永元二年（公元90年），命令副王谢领兵七万，攻打班超。

4．班超驻守在疏勒城，手下只有几千兵力，面对月氏大军压城，部下全都惊恐不已。

5. 班超镇静自若，召集部下分析说："月氏兵势虽盛，但东越葱岭（今帕米尔高原与喀喇昆仑山脉的总称），路远迢迢，没有粮草补给，怎能持久？我若坚壁清野，坚守城堡，敌人饥渴难耐，不要几十天就会不战自退。"

6. 班超部下听令而行，把城门外的百姓粮草尽数运进城里，固守城堡。

7. 副王谢自恃骁勇，又依仗兵多将众，每天到城门下挑战。班超置若罔闻，督众坚守，旬月不出一兵。

8. 副王谢屡攻不下，未能与班超交战，无法决定胜负，看看粮草将尽，不得不分兵四出找寻粮草。

9. 疏勒城四周皆是荒野，无粮草可取。眼看七万大军的粮草将尽，急得副王谢如热锅上的蚂蚁。

10．无奈，只得派遣特使，携带金银珠玉，前往龟兹国（今新疆库车一带）求援。

11. 班超早已料到，派兵埋伏途中，等待月氏特使到来，众伏兵齐出袭击，击败月氏兵将。

12. 班超的部下砍下月氏特使首级，缴获了大量金银珠玉，得胜回城，向班超交令。

13. 班超将月氏特使的人头，悬挂在城门外，副王谢见了，惊恐不已。

14. 副王谢看看粮食已经告罄，士兵饥寒交迫，军心浮动，派往龟兹求救的特使又被诛杀，心里万分焦急，陷入了进退两难的处境。

15. 副王谢走投无路，只得派使者向班超请罪求和，只求放他一条生路退回故国。

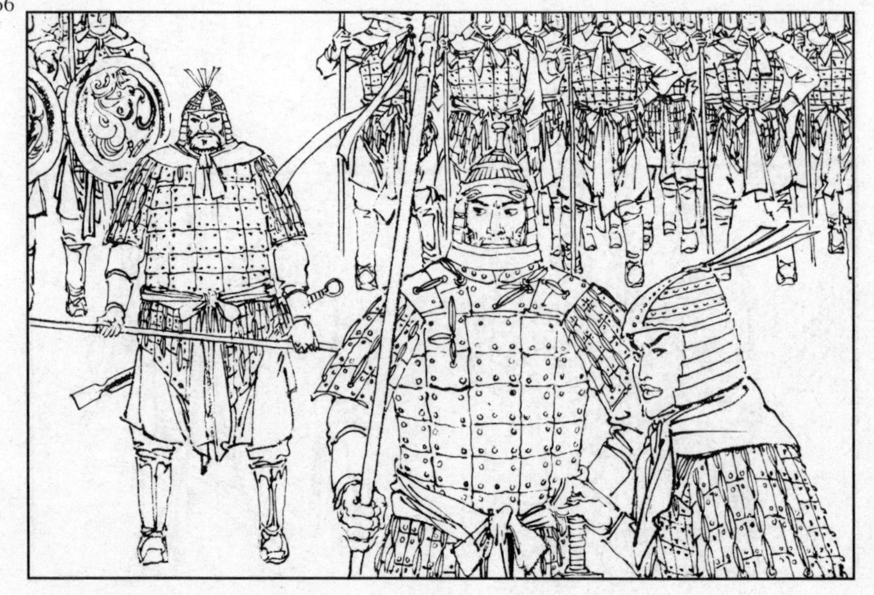

16. 守城汉军，人人义愤填膺，纷纷要求主帅乘机出击，全歼来敌。

17. 班超却对月氏使者说，你们无故犯境，如今又粮尽援绝，本当发兵一举歼灭，只是我大汉不愿屠戮你们，既然已经知罪，就放你们回去。

18. 副王谢十分感激，率兵回国，报告国王，月氏国王也觉惊心，于是归附汉朝，年年朝贡不绝。

战 例

公孙瓒死守孤城兵败身亡

编文：叶　子

绘画：陈运星　唐淑芳
　　　罗培源　阎显花

原　文　小敌之坚，大敌之擒也。

译　文　弱小的军队假如固执坚守，就会成为强大敌人的俘虏。

1. 东汉末，各地军阀割据，连年混战。兴平二年（公元195年），占有幽州之地的公孙瓒在鲍丘一役中，被袁绍部将麴义率领的联军打败，损兵折将达二万余。公孙瓒于是退入易京（今河北雄县西北）固守。

2. 当时，干旱、蝗灾接连不断，粮食奇缺。公孙瓒于是“休兵屯田”，准备“积谷三百万斛”，固守易京，以待天下之变。

3. 建安三年（公元198年），袁绍派大军包围了易京。公孙瓒知道自己势单力弱，孤城难守，长此拖延下去，其结果不是投降就是被袁军打败。

4．于是，公孙瓒便派他的儿子公孙续出城向黑山（今河北太行山南端）诸部的农民起义军求援，自己准备率步骑突围，进抵西山（太行山一带），依靠黑山一带的农民起义军，转战冀州，断绝袁绍后路。

5. 公孙瓒部将关靖建议："今我军将士斗志早已瓦解，所以能在这里坚守，是因为大家都顾恋家乡老小，把您作为依靠。您如果离开这儿，到各地转战，那会有什么结果呢？"

6. 公孙瓒听了关靖的话，就放弃了原先正确的突围计划，决计固守待援了。袁绍大军渐相攻逼，公孙瓒全军上下惊慌不安，日甚一日，不得已，又加筑了数重营垒以自固。

7. 次年春天，黑山农民军领袖张燕和公孙瓒儿子公孙续率兵十万前来易京支援。大军尚未到达，公孙瓒便急切地派遣密使送信出城联络，企图以举火为号，内外夹击袁军。

8. 不料，密使被袁军侦察人员截获。袁绍将计就计，如期举火。

9. 公孙瓒以为援军已到，喜不自禁，大开城门，出战袁军。

10. 袁绍早已埋设伏兵等候，公孙瓒人马一到，便大举杀出。

11. 公孙瓒军大败，仓皇退入城中坚守。

12．袁绍知道了公孙瓒在求援，便加紧了攻势。他们把地道挖到城楼下，先用木柱顶住，等到地道挖完，又烧掉木柱，城楼便因突然地陷而倾倒。

13．袁军乘机攻入。至此，公孙瓒方才后悔采纳了关靖的错误“建议”。

14．公孙瓒自知末日已到，乃缢死其姊妹、妻子，然后引火自焚。袁绍战胜公孙瓒，占据冀、幽、并、青四州地盘，成为当时中原地区最大的割据势力。

战 例

唐玄宗麋军失长安

编文：隶 员

绘画：庞先健 周 春

原　文　不知军之不可以进而谓之进，不知军之不可以退而谓之退，是谓縻军。

译　文　不了解军队不可以前进而硬让军队前进，不了解军队不可以后退而硬让军队后退，这叫做束缚军队。

1. 唐天宝十四年（公元755年）十一月，安禄山以讨伐杨国忠为名，率兵十余万人，号称二十万，从范阳急速南下，企图以突然袭击的手段夺取西京长安（今陕西西安）、东京洛阳（今河南洛阳）。

2. 十二月初八，安军占领荥阳，即派前锋进袭洛阳。唐玄宗一向宠信安禄山，对他的叛乱毫无准备，急命安西节度使封常清、右金吾大将军高仙芝募兵迎敌。

3. 封常清较有作战经验，到达洛阳后，用了十天时间，就招募了六万人。但新军未经训练，仓猝上阵，经不起安军铁骑冲击，大败西退。安军遂于十二月十二日占领洛阳。

4．为确保长安京城安全，封常清、高仙芝率军退守潼关（今陕西潼关）。潼关地势险要，易守难攻，安军未能攻破。这才使唐廷有了调集援军、加强准备的机会。

5. 可是，唐玄宗听信监军太监边令诚的谗言，以所谓封常清“动摇军心”，高仙芝“放弃陕地数百里，盗减军士粮饷”的罪名杀了这两名久任边帅、屡立战功的大将。

6. 接着，唐玄宗命河西、陇右节度使哥舒翰为兵马副元帅，率兵八万，以及高仙芝的旧部，号称二十万，进驻潼关，击退了安军的多次进攻。

7. 安禄山叛军自南下以来，烧杀抢掠，无恶不作，激起河北诸郡人民的极大愤慨。天宝十四年年底，在常山太守颜杲卿、平原太守颜真卿的带动下，纷纷自发抗击安军。

8. 李光弼、郭子仪也率朔方兵出击，与河北军民相配合，切断了安军与范阳老巢的联系。

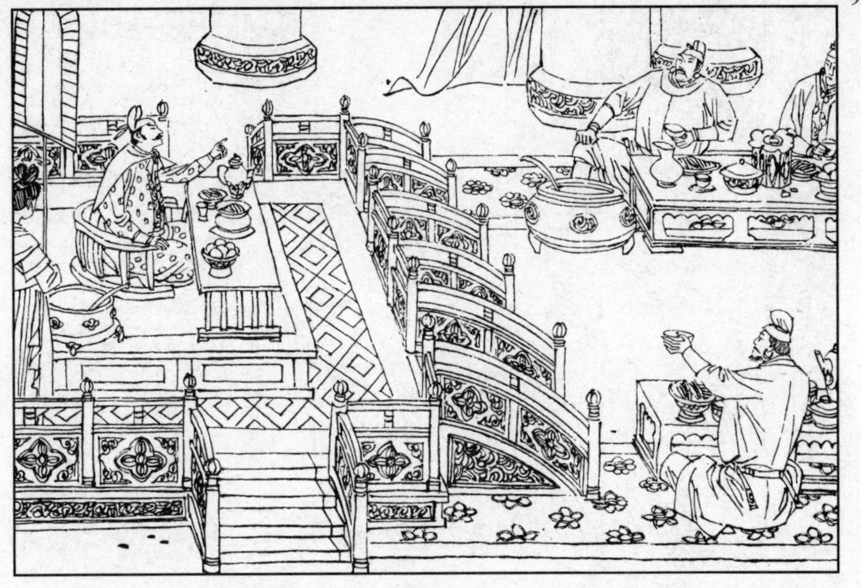

9. 第二年正月，安军前阻潼关、后绝范阳，军心不稳。安禄山迫不及待地在洛阳自称大燕皇帝，商议退归范阳。

10．当时，唐朝军政大权仍由骄纵不法的宰相杨国忠把持。杨国忠唯恐手握重兵的哥舒翰回兵长安夺权，就对唐玄宗说，陕州（今河南三门峡西）“兵不满四千，皆羸弱无备”，让哥舒翰出关，攻击安军，以收复陕州、洛阳。

11．哥舒翰得知后，立即上奏唐玄宗："安禄山久习用兵，这定是以羸师诱我。贼兵远道而来，利在速战，我军利在据险坚守。现贼兵势窘迫，将有内变，届时，趁势而入，贼首可不战而擒。"

12. 郭子仪、李光弼也上奏唐玄宗，要求“引兵取范阳，捣其巢穴。而潼关大军，应固守险要，拖住叛军，不可轻出”。

13. 杨国忠见众将都反对潼关大军出击，以为是联合起来对付他。就又奏告说："贼方无备，而哥舒翰逗留不出，将失去机会。"

14. 唐玄宗轻信杨国忠，同时也急于反攻，不顾众率军大将的意见，一再派使催促哥舒翰出关。

15. 哥舒翰难违君命，抚胸痛哭，只好率大军出关。

16. 此时，叛军崔乾祐部已屯军灵宝（今河南灵宝）西原（距灵宝五十里）。西原南面靠山，北有黄河阻隔，中间一道隘路长七十里。崔乾祐伏兵守住险要处，以待官军。

17．六月初，两军将战。哥舒翰乘船观察敌军阵势：只见崔乾祐军不过万人，而且或疏或密，不成阵势。

18. 哥舒翰促诸军前进，大将王思礼等率精兵五万在前，庞忠等将率兵十余万继后，自己带兵三万，在黄河北岸指挥。

19. 两军刚交锋，安军就偃旗息鼓，像是要逃。官军都以为叛军不堪一击，便长驱直进，攻入隘路。

20. 崔乾祐乘官军准备不足，伏兵突出，从山上投下无数木石，官军死伤很多。

21. 因道路狭窄，步兵不能展开作战，官军驱马驾毡车在前面开路，冲击敌军。

22. 叛将崔乾祐却用数十辆草车，塞住毡车，然后顺风纵火。顿时烟焰弥漫，官军的眼睛都很难张开。

23. 官军以为安军还在浓烟之中，就聚集弓弩乱射。

24. 直至黄昏，浓烟散尽，官军才发觉前面并无叛军。

25. 此时，崔乾祐派精骑从南面迂回，向官军后面袭来，官军首尾受敌，士卒或丢弃兵器甲胄躲入山谷，或被挤下黄河淹死，喊叫声震天动地。

26. 叛军乘胜紧逼。庞忠所率后军见王思礼所率前军败退，亦不战自溃。哥舒翰亲率的河北军见了士气顿挫，也争相溃逃。

27. 官军大败，奔向潼关。关前原有三道堑壕，每道宽两丈，深一丈，溃兵跌入堑中，顷刻填满。后继者踏尸入关，入关官军只剩八千人。

28. 崔乾祐紧追不舍，抢占潼关。哥舒翰唯恐像封常清、高仙芝那样被斩，就投降了安军。

29. 潼关以西数郡防御使也都相继弃郡逃走。

30. 潼关大败，长安难保，唐玄宗仓皇弃都出逃，自食“縻军”误战的恶果。

战例

鱼朝恩乱军致敌胜

编文：即　子

绘画：窦世魁

原　文　不知三军之事，而同三军之政，则军士惑矣。不知三军之权，而同三军之任，则军士疑矣。三军既惑且疑，则诸侯之难至矣。是谓乱军引胜。

译　文　不了解军队的内部事务，而去干预军队的行政，就会使得将士迷惑；不懂得军事上的权宜机变，而去干涉军队的指挥，就会使将士疑虑。军队既迷惑又疑虑，那么诸侯列国乘机进犯的灾难也就到来了。这就是所谓自乱其军，自取败亡。

1. 唐肃宗至德二年（公元757年）九、十月，官军连续击败安庆绪叛军，相继收复两京（长安、洛阳）。这时，唐肃宗却热衷于迎唐玄宗回朝，大封宗室和功臣，不派兵追击叛军，给土崩瓦解的叛军获得了重整旗鼓的机会。

2. 安庆绪逃到邺城（今河南安阳北）后，立即收罗残部，招募新兵，很快聚集了六万余人，军势又振作起来。

3. 在官军反攻胜利的形势下，叛军首脑安庆绪和史思明两派矛盾日益尖锐，史思明还曾一度归降唐朝。如今，安、史两派又互相勾结，形成了反唐军事集团。

4．官军收复两京将近一年，至乾元元年（公元758年）九月，唐肃宗才命朔方节度使郭子仪、河东节度使李光弼等九节度使调集数十万兵马，讨伐安庆绪。

5. 由于唐肃宗猜忌心极重，生怕郭子仪、李光弼的地位和威望太高，会威胁自己，因此这次出征不设统帅，派了一个完全不懂打仗的宦官鱼朝恩为观军容宣慰处置使，九个节度使的几十万大军听他指挥。

6. 安庆绪率兵七万，在卫州（今河南汲县）与官军接战，郭子仪击败安军，歼敌三万，迫使安庆绪逃离卫州，龟缩邺城。

7. 官军包围邺城，同时分兵攻取邻近各郡县，邺城危急。

8. 安庆绪急忙派人到范阳（今北京西南），向史思明求救，只要史思明肯出兵，愿以大燕帝位相让。

9．史思明也害怕官军灭了安庆绪，自己难以保全，就发兵十三万救邺。

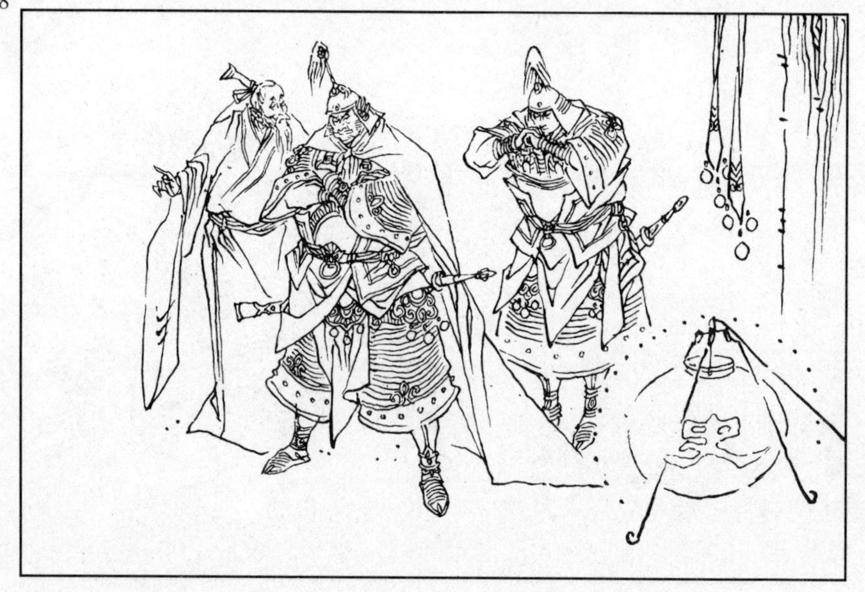

10. 十二月，史思明攻占魏州后，就于乾元二年（公元759年）正月初一自称大圣燕王，并留兵不进，待机而动。

11. 李光弼分析形势道：“史军按兵不进，是欲懈惰我军，然后乘机袭击。如分兵直逼魏州，史军必不敢轻出。邺城必然疲困不堪而为我军攻克。邺城一破，史军也容易被我军消灭。”

12．鱼朝恩却认为此策不妥，否决了这一各个击破的良策，单让大军全力攻邺城，任强敌在魏州伺机而动。

13. 官军引漳水灌邺城，安军死守待援。由于官军中没有统帅，缺乏统一指挥，进退无度。因此围城数月，久攻不下。

14. 官军师老兵疲，史思明见战机成熟，挥师逼近邺城，距城五十里扎营。每营设大鼓三百面，擂鼓以振声势。

15. 又派壮士假扮官军，劫掠和焚烧官军运粮车船。官军缺粮，军心更加不稳。

16. 邺城北的安阳河（即洹水，流经安阳）一战，史思明集中精锐，猛击官军。官军无统帅，无法协调各军，数十万大军，竟被史思明五万精兵击败。

17. 官军损兵折将，只好撤围退守洛阳。

18. 史思明入邺城后，即诱杀安庆绪及其亲信大将，收编安军。

19. 史思明留其子史朝义守邺城，自率军返回范阳。乾元二年四月，史思明自称大燕皇帝，改范阳为燕京。

20. 同年九月，史思明令其子史朝清守范阳，自己率军分四路南下，渡过黄河，攻下汴州（今河南开封）后，乘胜西进。

21. 官军新败，李光弼兵力不足，便放弃洛阳，移军至城小易守的河阳（今河南孟县东南）。看来是让开了大路，其实易进易退，监视着史军的侧背。李光弼称之为“猿臂之势”。

22. 史思明进入了洛阳，占了一座空城。史思明见李光弼据守河阳，随时都有背后被袭、归路被断的危险，于是退驻白马寺（今洛阳城东）南，筑月城，与官军对峙。

23. 十月，史思明多次进攻河阳，均被击退。想诱李光弼来洛阳会战，李光弼又不为所动，史思明军被“猿臂之势”所牵制。

24. 上元元年（公元760年）九月，唐肃宗曾想趁史思明与李光弼相持不下之际，命郭子仪统兵七万，自朔方直取范阳。但令下十天，被鱼朝恩所阻，坐失良机。

25. 上元二年二月，史思明派间谍入长安散布谣言：史军将士，久戍思归，上下离心，急击可破。

26. 鱼朝恩深信不疑，多次建议唐肃宗，让李光弼出兵，反攻洛阳。

27. 李光弼上奏说：“贼锋尚锐，不能轻进。”鱼朝恩竟诬称李光弼欲养贼自重。

28．朔方左厢兵马使仆固怀恩与李光弼有隙，也附和说“东都可取”。于是，朝廷一再督令李光弼出击。

29. 李光弼迫不得已，会同友军进攻洛阳，鱼朝恩随同出战，节制诸军。

30. 官军与史军前锋在洛阳西北的邙山对阵。李光弼提出靠山依险列阵。鱼朝恩又不许，坚持要在平原布阵。

31．李光弼耐心地解释道："依险则可以进，可以退，若平原列阵，万一失利，则危及全军。史思明善战，不能轻视。"说完就下令大军依险结阵。

32. 大军刚行动，鱼朝恩竟大喝道："无我下令，不许擅自行动。"

33. 史思明见官军阵势不定，乘机进军冲击。

34. 官军大败，死伤数千，军资器械尽弃。史思明乘胜进取河阳、怀州（今河南沁阳）。这场平叛战争，在官军具备绝对优势的条件下，导致屡战屡败，主要是指挥者不懂军事，却又自以为是、专横跋扈最终造成了恶果。